東京詩シリーズ第一詩集

東京の表情

Liu Chunyu

柳 春玉

土曜美術社出版販売

詩集　東京の表情＊目次

第一部　東京のように日本のように

第二部　桜が揺らす　ツツジの恋

第三部　東京の人々の微笑み

第六部　東京　東京　東京

詩集　東京の表情

第一部　東京のように日本のように

東京の街

若者が溢れる街　原宿
手には　タピオカが踊り
帰り道は　笑い声が絶えない
竹下通り

サラリーマンが闊歩する浜松町は　オフィス街
ポケットから窮屈そうに
首をツンと突き出した財布は
ランチ選びの真っ最中で

老人の街　巣鴨は　地蔵通り商店街
買い物かごが導くままに

詰め込めなかった人生　一つ一つ詰め込む

毎日　同じ姿だけれど
様々な生の力が
みなぎる

東京の着物

日本には数え切れないほどたくさんの着物がある
なかでも振袖姿は美しさを超えて
芸術だ
その清楚さと
その高尚さと
その煌びやかさは
言葉では表現できない
帯を締めて派手さを抑える
その知恵とは
袖丈の長さで　女性らしさに華を添える
羽織袴は男らしい
武士の姿が重なるからか

固さを包み込んだ柔らかさが
極致へ至る
夏の日の浴衣(ゆかた)も気持ちが良い
繊細さが加味されて
思わず賛嘆するばかりだ
ぜひ着てみたいけど　まだだ
娘が嫁に行く時は
思い切って着てみようと

東京の回転寿司

——じゃーん！　回転寿司です
クルクル回る世の中で
クルクル回る回転寿司
味は一番の寿司だと自慢する
東京の有名な回転寿司
回転寿司の前では皆が笑う
いたずらざかりの子供達も
おとなしくなって
おとなしかった大人達が　むしろ
嬉しくなって顔がパーッとほころぶ
クルクル回転寿司
世の中はクルクル回るものなのか

人生はニコニコ笑うものなのか
チャイナも　コリアも　遠くから　やって来て
回転寿司を食べる
世の中の出来事も　ここで笑えば
平和が宿り　人生は幸せになるだろう
寿司も人生も一緒にクルクル回る
東京の回転寿司

東京の車輪

日本の車は世界で最高だよ
トヨタ　日産　ホンダ　スバル　マツダ
自動車ブランドのように　もちろんタイヤも
ブリヂストン
横浜ゴム
住友ダンロップ
ファルケン
トーヨータイヤ
車もタイヤも
世界のモータースポーツの現場で大活躍中だよ
二〇一九年に発表した
タイヤの売上世界ランキングによると

ブリヂストンが世界一位
住友ダンロップとファルケンが世界六位
横浜ゴムが世界八位
でも車輪ブランドなら*
まだ知られていないことがもう一つあるよ
それは、ゴキブリ
古くなって臭い畳の部屋
あの東京のゴキブリは世界最強かもしれない
一晩でひ孫まで生まれるというゴキブリ
寝ていたら顔に落ちてきて
気を付けなければ踏んでしまうこともある
車輪だからって　お願いだから走り回るだけじゃなく
歴史の輪をきちんと回してくれれば
どんなに良いだろう
車輪もやっぱり屈指の国ですね

* 韓国ではゴキブリのことを「輪」に例えることがある。

東京の壁

九十里　さらに九里もある
その海辺に行ったら
夕暮れ時にエメラルド色の太平洋に向かって
その白い砂浜から花火が上がる
母は少女だ
有名な東京駅に行ったら
フグはトラフグが最高で
母は淑女（しゅくじょ）になる
裏通りに隠されている
トラフク亭を訪れて
一人でも黙々と
清酒を一杯　楽しむことができたお母さん

世の中をちょっと楽しんで
娘の家に入る時は
わざと暗い表情で
怒りを込めておっしゃったその一言
――東京は監獄だよ　言葉が通じないし……
家でさえ孫達とは
全く話が通じないから
やっぱりここは違う
とうとう背を向けて
心を固く閉ざしていたお母さん
遠い私達の故郷では
膝まである長い黒革のブーツに
ロシアの茶色のミンク帽子がよく似合う
素敵でなかなかのおしゃれだった私のお母さん
冷たい東京のひんやりした壁を触りながら
悲しみと怒りがどんどん増えていくお母さん

東京には死んでも住めないって
思いさだめて　結局　心をきめて離れ
今年の冬みたいに　こんなに雪が降っても
暖かい故郷のオンドルで
編み物で寒さをやわらげる
ああ　私のお母さん

東京の茶道

日本には色々なお茶がある
緑茶　煎茶　玄米茶　ほうじ茶　玉露
お茶の種類によって飲む作法も違うが
共通点もある
心を静めて
飲むのが基本作法だ
お茶の淹れ方も色々ある
美味しいお茶を美味しく飲むためには
湯呑の中に　茶葉と一緒に
魂を込めること
休憩中に飲むお茶は最高だ
東京の茶道は崇厳であるが

暖かいお茶が冷えた心を温めるのは
みんな同じだ
落ち着いた心に
歳月の一片が溜まっていくのは
やっぱり良い

東京の両国国技館

岩のような大男達が
まわしひとつで力と技を披露する
日本の国技　相撲

遥か昔から
神に相撲を奉納していた日本
豊かな実りを願う儀式の相撲

塩を雪のようにまきながら
穢れを払って
押しても押されぬ体を作るため
力士達はちゃんこ鍋を食べる

ちゃんこ鍋を食べながら
一般人の二倍三倍になる立派な体を作る

技をかけられても踏みこたえるため
力士達は稽古をする
股割りという百八十度開脚
力をうっちゃるしなやかな体

取組という試合の後
全身から白い湯気がもくもくと立ち上る
そして観客は力士の体をたたき
その健闘を讃える

国技館のある両国には
江戸東京博物館があり
その横に競争するかのように

立ち並んでいるミニチュアを売る店では
小さな人形達が楽しく暮らしている

人並み外れた大きな男達と
人並み外れた小さい人形達が
争いもせずに生きていく
江戸の町はそれでいつもにぎやかだ

東京の浅草

浅草観光のスタートは
雷門
千四百年も前から
赤い大きな提灯が寄進され
傷んでは修繕して
今に至るという

門から浅草寺本堂まで
続く仲見世
その通りをチラチラ見物しながら歩いている参拝者
帰りの人々の手にはそれぞれ土産物

そして浅草寺
東京都内最古の寺
ありとあらゆる願いを叶える場所
龍神の力が満ちる場所

何もかもうまくいきますように
私の将来が晴れ晴れとして
故郷の親兄弟も無病息災でありますように

東京が
江戸だった昔から
人々が祈った場所

詩でも一篇くださいと祈ってみようかな

東京のヱビスビールの味

日本のビールは
アサヒスーパードライが好き
だけど
忘れられない東京の味は別にある

恵比寿駅の近く　日本語学校のそばの店で
初めて飲んだヱビスビール

恵比寿ガーデンプレイスには
ヱビスビール記念館があって
そこに行けば　試飲ができる
無料でビールが沢山飲めるよと

留学生達と連れ立って遊びに行った場所

日本に来たばかりでお金がなかったせいかな
展示会よりも胸がすっきりした
あの日　あの場所　あのビールの味

無料でも品質は絶対に保証してくれる
日本のプライドが生きている記念館
恵比寿様がいつもニコニコしている所

その後　ビールを普通に買えるようになり
アサヒスーパードライが好きになったけれど
思い出のヱビスビールは
今でも素朴な味で誘ってくる

そうだ　明日はヱビスビールを飲みに行こう

東京の忠犬ハチ公

犬も銅像で笑っている国
一事に専念して
主人に忠誠を尽くす　その姿を
日本人は尊敬する

何もかもうまく行かず
ふと諦めてしまった人生も
犬の銅像の前だけでは
犬にできたことが人間にできないのかと
負けん気が出てくる

犬の銅像を長く見つめていると

知らないうちに粛然として
犬にお辞儀をしたくなり
犬を師として仕えたくなる

犬よりよい人間になるために
犬の銅像の前で
あらゆる決心をしてみる

犬の銅像の前に立てば
人間である私が
あまりにもみすぼらしい

東京の桜の歌

東京には桜の歌が多いよね
はらはらと舞い散る桜の花
ピンク色は東京の色
フワフワ華やかな桜の花
とめどなく世界に向けて広げたおばあさんの両腕
その桜の海でバチャバチャと泳ぐ時は
知らないうちに口ずさむ桜の歌
公園や川岸に沿って
憂いを忘れて果敢に咲く桜の花
桜は花より花びら　花びらよりも輝きだろう
桜に染まった心は
故郷の清らかな泉の水で洗われたように清くなり

桜の歌が懐かしく流れ
ああ　桜がはらはらと散ると
いつの間にか目の前でチラつく
故郷のツツジ

――前の山にも後ろの山にも私の故郷のツツジ

東京のスカイツリー

東京には東京の空を支える
スカイツリーがある
高さ六百三十四メートルの電波塔
世界一高い塔
東京タワーよりもはるかに高い
東京の新しい名所
あんなに高い塔なら
電波は　さぞ遠くまで飛ぶだろう
青い空に
針を刺したように
細く長く首を伸ばしたスカイツリー
体を後ろにいくら傾けても

てっぺんまでは見えない
東京のスカイツリー
あぁ　そうだ
人間も　あのように突っ立っているべきだ
自分の自信のある声を
世の中に投げてみるんだよ

東京のイルミネーション

クリスマスが近づいてくると
東京は
イルミネーションだらけになる
星よりもっと輝く光が
恋人達をやさしく包む
イルミネーションが愛のように点滅すれば
くすぐったいささやきも自然と耳に入ってくる
二人だけの世界にすっかりはまった恋人達は
夢見るようにその中を歩いて行く
その光の中で
愛は芽生え
愛は花を咲かせ

愛は実を結ぶ
そのように
あのイルミネーションの中で
あなたとの愛を
輝かせたい
イルミネーションのような炎になりたい

東京のマナー

メトロ　地下鉄
——ここへどうぞ
見知らぬおばあさんに
もみじのような手が
席を指さす

都営バスの中
——座ってください
見るからに大変そうな妊婦さんに
元気なボブヘアが
頭を下げて丁寧にあいさつする

山手線のプラットフォーム
——ここでよければ……
松葉杖の子供に
闇の中でも輝くような笑顔が
冷たい冬　席を恥ずかしそうにゆずる

人間が人間扱いされる
思いやりがゆずりあいをもたらす
愛は東京の基本マナー

東京の終着駅

海水浴場のように　人々が
ざわざわ波打つ渋谷駅
その波に押し流され　改札を抜けると
人間の群れはまさしくアリの群れのようだ

何がそんなに忙しいのか
目立つのは小走りだけ
目的地への追撃戦は今日も続くが
いつでも終着地は同じだろう

一瞬一瞬　真珠のように光を放つことができれば
後悔なんかあるまい

満ち潮のように押し寄せても　満ち潮のように押されないで
引き潮のように引いても　引き潮のように引かないで
頭は下げても　未練はなく
目的地へは急いでも
終着地でゆっくりと

そうやって進む道が
我々の人生の道

第二部　桜が揺らす　ツツジの恋

東京の朝鮮族

私は日本に住んでいる
世界の経済大国に数えられる朝の国
着物を着て　いつもニコニコ笑顔がほころぶ
白木蓮で美しい国
ここで私はあの有名な銀座通りを
隣のサンガメちゃんの家に遊びに行くように
ブラブラする
お寿司を食べてアサヒビールを飲みながら
刺身も堪能するけれど
会話をしようとすると発音が不自然になる
アクセントも間違っている
私は異邦人

しょうがない異邦人
あなたはジャパン？
いいえ！
チャイナ？
いいえ！
私は在日朝鮮族です。
朝鮮族？　コリア？
いいえ！　いいえ!!　いいえ!!!
私はね　中国の朝鮮族です！
丸い地球で
東京が世界の全てだと思う日本人には
分からないだろう
中国で少数民族として暮らしている私の兄弟を
朝鮮半島から北満州に行って
改革開放で
日本まで渡ってきて

こんなにも
「はじめまして」も「お世話になります」も話せる私が
中国朝鮮族だという事実を
キムチが好きな我が子達が
時にはアリランを口ずさむという
事実を

東京の祈り

ドロドロした泥の中に
落ちて出てきたように
とても不格好な
手と口と心　全部　脱いで
浅草寺の龍神像の噴水ですすぐ
モクモクと立ち上る
常香炉の煙で体を洗い
頭を下げた
胸の前に合わせた両手が礼儀正しい
無病で長寿せよ
我が故郷の親兄弟
全てがうまくいきますように

異国暮らしの私の一歩一歩
止まったように流れる歳月　抱きしめると
母の子守唄のように胸をえぐる
あの　念仏の声
一年の最後の日も暮れ
映画の主人公のように生きてきた三百六十五日が
ついに幕を閉じる瞬間
大晦日の夜を揺らし起こすように
除夜の鐘の音の中から
明けて来る元日の朝
再び身を震わせるこの魂
汗は　川のように流れて
両手を合わせた祈り
——愛まで愛そう

東京の升

冬の冷たい雨が矢のように胸に突き刺さる日
アルバイトを終えた足で
行きつけの店のドアを勢いよく開ける
きしむカウンター席に腰掛けると
温かく出迎えてくれるマスターオオノさん
——清酒が飲みたくなる日ですね
——あぁ　いいですね
古いやかんの中の清酒
升にあふれるほど注いでくれる女将さん
指先がすり切れるほど
飲んだら空けて
空けたらまた飲んで

一生その小さな升一つも満たせないまま
空っぽの升のように生きて死んだ父
冬の冷たい雨が矢のように胸に突き刺さる日
行きつけの店の升にあふれる清酒に
父を想って号泣し
東京の裏通りに響く

東京のバイオリニスト

――オイルリンパマッサージ　アカスリコースよ
――はい　柳さんですね。
――ベッドに仰向けで寝てください
下手な日本語で
楽しく返事をしてくれる
町の温泉のアカスリのお姉さん
日本に来て間もないお姉さんなのか
この町　十年目　見慣れない顔
墨で描いたような真っ黒い眉が
とても印象的なお姉さん
訝しがる視線を全く感じなかったのか
足の甲から始まり　脚へ　腰へ

ゴシゴシ擦るアカスリのお姉さん
――お客さん　力加減はどうですか
　ちょっとソフトにしましょうか
――いいえ　ちょうどいいですよ
アカスリ手袋をした両手は
宝石でも扱うように用心深く
指じゃなくて手のひらに力を入れて　素早く
バイオリンでも弾くように
そっと押し　サッと引く
――どこからいらっしゃったんですか
――中国からです。
正直な返事にもう一言加える
――中国のどこですか
――吉林です
話はその一言で途切れる
盛んに演奏中のバイオリンの弦が切れたみたいに

――お客様　終わりました
　また来てくださいね。
――ありがとうございます
――次回はお名前を登録しますね
最後まで私達はお互いの身分を隠したまま
私達特有のアクセントが抜けない
日本の言葉で会話する
汗ですっかりテカテカになったアカスリのお姉さん
追われるように　そそくさと温泉を出れば
季節はずれの冬の雨が　なぜこんなにも
厳しく背中をたたくのか
お姉さんのバイオリンが奏でるアリランが
空の向こうで悲しそうにむせび泣いていた

東京の星

あの有名な東京に来て
なにげなく見上げた夜空
その夜空には
星がなかった
数十年前に詩人のドンジュさん*が来て
数え終わってしまったからなのか
東京の夜空に　数え切れないほどの星はなかった
故郷の夜空で　一際(ひときわ)輝いていた
天の川も見えないし
三台星も北斗七星も
どこへ行ったのか
ある日　数百メートルのスカイツリーに昇り

見下ろした東京で
初めてたくさんの星達が
すべて街に下りて座っている姿を見た
北斗七星は銀座通りにあって
三台星は上野公園に座っていた

＊ 韓国の著名な詩人、尹東柱。

東京の新両班（リャンパン）*伝

勉強しないでゲームに夢中で徹夜しても
問い質（ただ）してはいけないし
小学生のくせに化粧をしても
見て見ぬ振りをしなければならないそうだ
宿題はたまっても　水泳教室は休めないし
たまった宿題のせいで　夜中までつき添ってあげて
つい寝てしまったら
母親の役割を果たしていないと叱られるという
どんなに怒っていても
ジロッと睨んではいけないし
声のトーンが高いのは尚更ダメなこと
我慢して　我慢して　我慢して　また我慢して
忍耐よ　私をちょっと自由にさせてよ

愛の鞭を持った日は
まぁ　それがまた問題なんだって
子供は　私のお腹の中から出てきても
許諾なしに殴っても叱責してもいけないらしい
児童虐待だと言って警察が来て
我が子を私から奪うんだって
違う　紳士的に連れて行くんだって
お上（かみ）が保護してくれて
お上が服も買ってくれて　ご飯も食べさせてくれるんだって
時代が変わっても　親の愛は変わるはずがないのに
子供は東京で元気なのに
私は子供を亡くして
東京を憎む
子供に向けた愛の鞭に罪を着せる
この東京が大嫌いになる

＊　朝鮮で高麗、李氏朝鮮王朝時代の官僚機構・支配機構を担った支配階級の身分のこと。

東京の上野公園

日本初の都心の中の公園だそうだ
文化の森として緑豊かで有名な

公園に入るとすぐに
音楽と舞台芸術が
波のように漂ってくる文化会館が
平然と荘厳な表情で佇み

その右には
ロダンの彫刻芸術を数多く所蔵している
国立西洋美術館が堂々と建っている

マッコウクジラの骨格標本と
D51機関車が展示されている
国立科学博物館もあり

色と芸術が混ざり合って
一枚の絵を完成させ
芸大生の夢に大輪の花を咲かせる
東京芸術大学も若々しい

何といっても
一九七二年　日中国交正常化の歴史の証しである
カンカンとランランの息吹が聞こえる
上野動物園で親しまれている

私は上野公園に来るたびに
私の故郷の息吹を感じる

東京の月の光

あらゆる光が点滅する
東京にも月は昇る
浮かび上がって初旬なのか下旬なのか
知らせてくれる

それこそ真昼のように照らす
数多くの光の中でも
月は静かに昇って
多くの少女の胸を
限りなく膨らませる

東京の月は

月を知る人にだけ月であり
月を心に抱いて生きる人にだけ
世の中がもう少し明るくなるようにと
心の灯をともす

東京の音

カタカタ鳴るのは
下駄の音だけのはずがない
十二月は　カタカタ鳴る
下駄の音のほかに
コトコト鳴っている包丁とまな板の音
水餃子を作ってるみたいだ

音高く鳴るのは
これらだけであろうか
年末も　新年を迎えても
トランプだって大活躍

コトコト鳴るのは
果して鍋の音だけだろうか
味が深まるにつれて
愛も深まり
家中に笑顔があふれる

東京の階段

我が子よ
どうやらあなたは天才みたいだ
教えてあげなくても
生まれて泣くことができたし
お乳もあんなによく吸ったものだ
転んでも一人で起きられたし
マンガの中のキャラクターのように精悍だった
そして　ある日から
自分が外国人だという事実を知ったが
お母さんが悲しむと思い　それをいつも隠して
一人だけの心の中に秘めておいた
外国人だから常識がないとからかわれても

笑って済ますことができ
中学校の時はクラスメイトに密かに片思いして
一人でバカみたいにヘラヘラ笑ったりもした
そしてね
高校の時　修学旅行に行って
こっそりホテルを抜け出し　秋の紅葉にどっぷり浸ったこと
それも誰にも言わずに秘密にしておいたね
でも　あなたは知ってるかい
空の星の数ほどあるたくさんの出来事
あなたが経験してきた出来事が
生きてくために人間が
昇らなければならない階段だという事実を
それがどんなに滑りやすく
危険極まりない階段としても
始めたら最後まで昇らないといけないのが
私達の人生だという事実を

我が子よ　愛する我が娘よ
あなたは知っていただろう
あなたは天才だから
一歩踏み間違えたら
奈落の底に落ちることを
だから　いつも守っていてあげたい
小言ばかり言うこのお母さんも
昔はあなたと同じくらい
世間知らずだったのに
あなたにだけには
天才を強要したんだね
ごめんね
ごめんね
本当にごめんね
振り返ってみると　後悔ばかりなのに
どうしようもない

世の中はそうやって生きていくものだということを
帰っておくれ
帰ってきておくれ
あなたを限りなく愛する
この愚かな母親のもとへ
そして再び
困らせておくれ
手を焼かせておくれ
愛する　我が娘よ

東京の風の音

風が乱暴に窓を
揺らす
プンプン　カンカン
さまざまな変な音が聞こえてくる
嵐の中心に入ったように
暖かい部屋で感じる
この不安感

故郷でも冬は
風が旅人のように戸を叩いた
そしたらおばあちゃんは　その長い冬の夜が
早く過ぎ去ってほしいと祈り

その時ばかりは　おばあちゃんの祈りがいくらおかしくても
笑い声も出さずに　聞いていなければならなかった

風の強い東京の冬の夜には
その風の音の中から
懐かしいおばあちゃんの祈りの声が
聞こえてくる気がして　夜を明かすこともある

東京の垣根

とても小さい部屋があった
窓の外に風が吹いたら
部屋の中でもほこりが立って
窓の外に雪が降れば
部屋の中に湿気がこもる
長い間　そんな風雨に揉まれて
もうカビの匂いが　部屋の匂いと化した
とても小さい部屋があった

行くあてのない数多くの霊魂達の
荒い息づかいが
いきなり飛び出してくるので

驚きもして　おそろしかった部屋

三年経って
トイレが一つ付いた
小さい家に引っ越した時
緑を背景に黄色の蝶々がユラユラ飛んでいった
買ったばかりの雑誌のような
しわひとつない真新しいカーテンをつけた日
あの日はどうしてそんなに涙が出たのだろうか

そうこうするうちに
生まれて初めて手に入れた
百坪の豪壮な洋風の一戸建て
東京の人として生きてきて　ついにできた私の垣根

あの日は号泣する覚悟で

タオルまで用意していたのに
しきりに笑いが出た
ああ　しきりに笑いが
止めどなく笑いが湧き出てきて
垣根を包み込むように
嬉し涙で濡らしたのだった

第三部　東京の人々の微笑み

東京の表情

東京で二十年間　生きてきました
それなのに不自然な
私の日本語の発音
私は間違いなく異邦人です
それをまた　この国の人達は
細かく指摘してきます
——おつりはぜったい間違いありませんよ
　機械が計算しますから。
ニコニコしているアルバイト学生は
幼い割に
何でも知っているという表情です
私が日本人じゃないのもよく分かるでしょう

そうなのだ
やっぱり日本らしいですね
でも、私が生まれた国では
今時　お釣りなんか要らないってことを
この人達は知っているのでしょうか
カードでもなく　携帯で全ての決済をすることができる
ああ我が国
祖国万歳と言いそうになるのを我慢しているのに
しきりに　私の日本語の発音を指摘しますね
それでは
いつかあなたと私と
私の国の言葉で楽しく話してみましょう
あなたも私の国の言葉は　とても下手なはずですから
でも私は笑いません
地球村では私達は誰も
異邦人ではないのだから

東京の家事手伝い

六十五歳ぐらいからだったかな
記憶が間違ってないなら　たぶん
ということは　もう十年以上も過ぎたということになりますが
電話一本で町のシルバセンターから来てくださった
時給制の家事手伝いの山崎さん
実家の母より歳を取った方
それだけに記憶に鮮やかだ
申し訳ない気持ちは隠して
育児もあり　仕事もあるから　と
目をつぶって　頼めること　すべて頼んだ
――山崎さん
　今日はお風呂とトイレとキッチンをお願いね
　今日は床の水拭き　そしてワックスがけまで

明日は子供達のお弁当を作る日です
天気がいいから　布団を干してね
季節の変わり目なので　箪笥の整理もしてください
正月前だから窓ガラスを磨かないといけませんね
ベランダのビール瓶を片付けないといけませんね
梅雨が明けたから　庭に雑草が茂っていますね
週末のホームパーティーに使う器を消毒しなければならないので
時間がありましたら　今日は
皿洗いはもちろん
　お客様の接待も手伝って頂ければ助かります
断るのを知らない方
若い主人に出会ったことが罪ではなく
そのご年齢で家事手伝いというのも罪ではないけれど
ホームパーティーに来た若いお客様の前でも
主人に両膝をついて
白雪の降った頭　畳に触れるように

丁寧にお辞儀をし
――いつもお世話になっております
　これから掃除を始めます
　　今日もよろしくお願いします　と
腰が弓のように曲がるほど
十数年を一日のように
家事を手伝ってくださった方
いつしか月日が重なるにつれ　次第にめちゃくちゃになる掃除
目が見えないのか
本当にほこりが見えないのか
八十歳近くの家事手伝いさんが帰った後
袖をまくって隅々まで掃き直し　拭き直す
歳月は年齢の前に永遠の敵なのに
その敵さえも愛するような
退職を知らない
東京の家事手伝い

東京の校長先生

平成二十三年三月十一日
真っ黒な津波が襲った
福島原子力発電所爆発事故につながり
世界を驚愕させた東日本大震災

四月には中学生になる娘の入学式を控えて
校長先生からのメール一通

中学校入学おめでとう
例年なら季節ごとに咲く華やかな花で
入学式のステージを飾るけど
今年はただ

野原に咲いた菜の花を代わりにするつもりです

新入生達が一握りずつ摘んできた
黄色い菜の花の中で
ひときわ響いた
その日の校歌

世の中にどんなに大きな闇が押し寄せても
野原の菜の花は咲き誇り
人生はこれからまた始まると
涙を我慢して何度も言っていた
あぁ　校長先生

東京の鈴木おばあちゃん

まぶしい朝日が木の葉で飛び散り
鳥の鮮やかな鳴き声が聞こえると
歳月のしわを押し出して
日の出よりも明るく笑うおばあさん

生卵一つと納豆と焼き魚が朝食
鶏の胸肉入り野菜サラダとそば一杯がランチ
まぐろや鮭などの刺身丼か鰻丼が夕食という
カロリーをミリ単位で計算しているおばあさん

夜明けには散歩
午前中は歌

午後には絵

時には静かな公園のベンチで
コーヒー一杯で　寂しさも一握り
流れる時間の根を辿って人生の物語を埋めながら

銀色の髪が慈しみ深く見えるおじいさんの
その大きな手をぎゅっと握った後姿が
まだ初々しい十八歳の少女である
八十一歳の鈴木おばあちゃん

東京の岡崎さん

歳は私と同じくらいか
銀行頭取がどうしてこんなに若いんだろう
無駄のないすっきりとした仕事と
時計の針よりも正確な行動で
信頼度の高い岡崎さん

ある日　前触れもなく
急に銀行やめるって
ご挨拶に来た岡崎さん

――それでは　これから何するつもりですか？

人があれほど羨む
銀行頭取の地位も投げ捨てた
その本音が私はもっと気になった

——これから私自身だけの
　自由と時間を楽しむつもりです

時間に追われる人達でいっぱいなのに
時間の胸ぐらをつかんで走る
銀行頭取だった岡崎さん

東京の奥様

法学部教授のお宅に初めて招待された日
ドイツで留学生活をしたという
奥様が自ら焼いてくださったピザの味

いろいろな旬の野菜の上に
蒸したかぼちゃをつぶして混ぜ
モッツァレラチーズをたっぷりのせて
こんがり焼き上げた
生まれて初めて食べたピザ

味噌　コチュジャン　キムチだけを好んでいた
田舎者の口にも

オリーブオイルの独特な香りと
まろやかなモッツァレラの味に
虜になったいなかの舌

客であることも忘れたまま
もぐもぐおいしく食べる姿に
黙って微笑んでいた奥様

あの日の香りはまだ口の中に漂う
世の中を蜜のように甘く溶かしてくれた
法学部教授の奥様のピザ

東京のアルバイト学生

東京の浜松町
駅前居酒屋
午後四時
店先のタバコの吸い殻を拾いながら
戦いは　いよいよ始まります
お皿を洗ってセッティングし
テーブルの上の醬油など調味料を確認し
店中クルクル回って
午後五時　営業開始
数ある居酒屋の中から
この店を選んでくれたお客さんは
涙が出るほどありがたい存在

絶対待たせてはいけませんよ
――いらっしゃいませ
――すみません
――失礼します
――ありがとうございます
腰は四十五度に曲げないといけないし
顔はニコニコしなければなりません
ホールからキッチンへ
キッチンからドリンクバーへ
ドリンクバーからまたホールへ
料理は十分以内に
飲み物は三分以内に
お客様の前に持っていかなければならないし
レンガのように重い生ビールは
片手に三杯
両手に六杯

翌朝五時まで
なんと十三時間
その間　休憩はびっくりのわずか三十分
夕食は自分のお金を払ってお店の食べ物を食べないといけない
この国のケチさに涙が出そうになります
お客さんの足下に
ひざまずいて
ヤギのように全身をしぼり
星のように遠い夢に向かって手を差し出す
若さの辛抱強さ

東京の東京人

アメリカやヨーロッパから来た留学生たちは
アクセントが変なだけの私がむしろ羨ましいと言う

——私達が日本語で話しかけても
英語だと思われて聞いてももらえない
それどころか逃げられてしまって
　日本語会話の練習もできない

では　私が日本語で話しかけても
アジア系の外国人だとわかると
とたんに馬鹿にしたような態度になる
日本人が多いのを君たちは知っているのか

外国人だとわかると　途端に
ゆっくり喋り　はっきり答えて
道に迷っているときは親切に
目的地まで送ってくれる日本人も多い

日本人は親切な人が多い
きれい好きが多い
手先が器用な人が多い

異邦人にとっては
一人の不親切が
国中の不親切になるということを
東京の人々は分かるかな

東京で東京人達は

彼らだけが真のジャパンだと思っていることを
分かっているのかな

東京の雨粒

雨粒は重さだけでは計算できない
辛(つら)い日には大きな粒になり
悲しい日には棒になり
寂しい日には
限りなく柔らかな露になったりする
雨粒は
低い声で言う人には
小声でささやいて
高い声で騒ぐ人には
わめき散らすように叫ぶ
音楽のように降るときもある
東京の人々の小さな笑顔のような時もある

小さな雨粒が　そっと目元をかすめると
泣いていることを敢えて隠さなくて済む

東京の銭湯

東京にはひときわ町の銭湯が多い
銭湯はどこにでもあって
住民がたくさん住む町には
もっと多い
東京の銭湯は
普通の家にある
シャワーやお風呂とは全然違う
銭湯の湯槽に浸かったら
まず嘘のように
全身の疲れが一気にすっかりとれる
お湯をかけて体を隅々まで洗っていたら
その気持ちよさ　そのすっきり感　その幸せ感は

絶頂に達する
お風呂の後に飲むコーヒー牛乳　ヨーグルトも
こんなにおいしかったのかと思う
そして
浴場では
裸同士の　飾らない対話もできる
そう　見知らぬおばあさんにも
まったく気兼ねなく
――背中を流しましょうか
実家のお母さんに接するような
心やすさで
素直な愛が
浴槽の湯のように溢れる
東京の裸で付き合う社交の場

東京の個性

街には少女達
少女達はみんな個性的
顔と体から個性が
故郷の里山の岩の下の泉のように
次々に湧き出るこの国の少女達
それなのに　自らを傷つけてまで
固執する個性
自然さも個性という言葉も
雨に洗われた水彩画のようにぼやけた東京
みんな同じタトゥーと
同じ金属を巻きつけて
笑顔さえ機械で作ったように同じ

画一化されたのっぺらぼうの個性
君達は
年齢がすでに十分に個性だということを
知らないのか
若いということだけで　十分美しくてセクシーだということを
知らないのだろうか

東京の料理

単一民族国家なのに
味だけは世界中の民族の味をすべてそろえている場所
ここ東京の街に立てば
食べ物がずらりと並んでいる
寿司にラーメン
フランス料理に中華料理
そのままで芸術作品の懐石料理まで
味があふれて
味が弾けて
味が輝いて
味が再び味を生む東京
誰にでもいつかはやってくる

最後の晩餐となる味　味　味
本当によく来る東京の地震
記憶を失くしそうになるほど怖い
それなのに東京の人々は
なぜ逃げないのか
こんなにも多くの地震になぜ耐えられるのか
人はいつでも
死ぬかもしれない
と思うから　味をのんびり楽しむのかな
日本はどうにも分からない国だ

東京の登山

東京で登山するって？
東京に山があるって？
そんなはずないよ
東京で登山するには
車で走って数十キロ
そこに行けば　低い山に出会えるよ
でも山だから
それこそ爪を立てるように
食い込む登山靴の中の足の指
固く跳ね返す岩と土
しかし　コンクリートとは全然違う
きれいに切った豆腐より

もっと平らなコンクリートとでは
比べ物にならないよ
時には石の角がツンと足の裏を突く
心臓がドキドキするよね
何時間か
登りながら
重力に耐えて
肩に伸(の)し掛かってくる荷物の重さにも耐え
ある瞬間から急に襲ってくる疲労にも耐えて
それでも　頂上まで登ったら
アハハ　フー
ヤッホーの三唱が自然に弾けるよね
それが楽しみで登山をするのだろう
その一瞬の感動のために
足も膝も腰も肩も
あらゆる疲れに耐えるのよ

頂上に着けば
疲れが風に吹かれる煙のように消える
それはまさに
絶頂だけを求める東京のもっともらしい教訓

東京の星達

暗い夜道にはいつも夜の星
闇の中　小さな灯台となる夜の星
はるか遠く離れていても
行くべき方向　行くべき道を
一寸の狂いもなく
指し示す

最も明るい星はシリウス
北側ばかり向いているのは
強情な北極星
北斗七星も　三台星も
あそこへ行け　こっちへ来い

黙って導いてくれる

東京の明るい灯は
私の行き先一つも教えてくれないけれど
東京の星達は
故郷と同じように
方向を教えてくれる

我が子達が待っている家は
今
オリオン座の方向あたりで
私の少女時代の思い出がいっぱい詰まった故郷は
夕方　西の空に真っ先に
高く輝く金星の方向だろう

東京の花火大会

隅田川を隔てて
古い田舎町の落ちた栗の実のように
栗の枝よりはるかに高い
最先端のタワーを見上げる

静かな川は黙って流れ
浴衣を着た人波も川の水のように流れて
真夏の花火大会を見物する

ヒューッ　バン！
ヒューッ　ヒューッ　ドン！　ドン！

花火を求めて一斉に空を見上げる人々
横から見れば美しい　この国の人達
彼らからは
忘れられた昔の香り　桜の香りがほんのりただよう

これが江戸だね
ここが東京だね
昭和時代　バンザイ
令和時代　バンザイ

音は花火に続いて　空に鳴り響き
炎はリレーを止めない

東京の夏の夜は
更けるにつれて美しい

東京の味対決

ゴチャゴチャした東京のはずれの町の
寂しくて閑散とした路地裏
年寄りも子供達もまばらで
目に付くほどの特長もないそんな路地
背後にある灼熱の色とりどりの東京を
全く意識できずに膨れっ面をしている
気の向くままに
歩いてみると
斜めになった銭湯の看板や
クモの巣状にゴチャゴチャした電線　電柱
その隣には古いパン屋さん
東京にもこん畜生

こんな最低な所があるとは
バス停に現れた幽霊みたいなおばあさん
――どこからいらっしゃったんですか　この町の人じゃないですね
――東京から来ました。
――言葉遣いは東京じゃないね　外国から来たのかい？
――どうして気づいたんですか。
――どうぞ　飴だよ
数日後には孫が結婚する
フィリピンから来たおとなしい娘とね
バスは来たが
今にも涙こぼれそうに
私を見つめて立っていたおばあさん
――幸せに暮らせるでしょう
――そうだね
そうだとも
――さあ　どうぞ　この飴を

おばあさんの祝福を残してバスは出発し
おばあさんの温もりがついた飴だけが残る
オレンジ味とパイナップル味の飴が二粒
この飴　二粒を一緒に口に入れたら
そしたら必ず争いが起こるのか
オレンジとパイナップルは
必ず戦うのか
日本のオレンジ味とフィリピンのパイナップル味は
口の中で舌の愛を独り占めするため
血の飛び散る戦争も辞さないのか
少しでもその喧嘩を避けたくて
飴二粒を握りしめたまま
次のバスを待つ

第四部　チェロの音は香りのようにほのかに

東京の道

現実と未来の間で夢はチラチラする
見えるのは艱難辛苦　イバラの道　泥仕合の
その中からもれる灯火だ
ヨロヨロして転ぶたびに
迷ってふらつくたびに
夢の裂ける音　悲しい
歩いてきた過去の日々　かき回して
ひもじさを紛らわせながら
歩いて
歩いて　歩いて
歩いて　歩いて　歩いて
また歩く

前に向けて差し出した手は冷たくても
火花散る足は止まらない
明日　私はどこで何をしているのか
遠く　あぁ　遠く
夕焼けが燦爛と輝くのに
夕焼けが笑ってくれるのに

東京のコロナウイルス

孤独に垣根をめぐらして
より孤独にするコロナウイルス

外に出ないこと
集まらないこと
自宅勤務をすること
家族の間にも仕切りをすること

懐かしかったことがあったか
愛したことがあったか

寂しさだけ　苦しみだけ　モクモクと燃え上がり

優しく撫でながら生きなければならないのに
いつになったら新芽が出　若草のように伸びてゆくのか

神は試練を下し
人間は試練に打ち勝つ

東京の水道水

日本は水道水さえ美味しい
特に甘くはない
しかし安心して飲める
コンビニやスーパーや駅の売店　自動販売機でも
水を売っている
色々な水がある
種類だけでも数百種になるだろう
それでも安心して飲める水道水は美味しい
好きなだけ飲んでもいい
こんなに水道水が美味しいのに
なぜ日本人は水を買って飲むのか
水道水を水筒に入れて　持ち歩けばいいはずなのに

頑に水を買って飲む日本人
思い通りになる世の中ではないが
好きなだけいくら飲んでも良い
東京の水道水
急に母のおっぱいが浮かんできた
小さくてもよく出た　ああ　私の母のおっぱい

東京の水

世の中のすべての愛は
上から下に流れる
高い所から低い所に流れる
水のように　絶対に逆らわない
目上の人に対する愛はないということだ
しかも水のように　放っておくと
濁るのが愛だ
どんな小さな針の穴からでも
水は流れ出る
愛もそうだ
汚れたものほど　流さなければならない
いくら濁った水でも

流れると澄む
流れて流れて水蒸気になったら
ある日　霧雨になって
少女の心を潤すこともできるだろう
だから流れる愛になろう
愛を交わしあって
いつも　スッキリしていよう
愛のように
水のように

東京の自然

太陽に痛めつけられる
紫外線が降り注ぎ
どこでも　強い日差し　日差し　日差し
サウナやチムジルバン*とは比べものにもならない
海が荒れて
川が氾濫して
ハリケーンも竜巻も凶暴化する
自分を傷つけた人間に向けて
自然の報復はどこまで続くのか
細長い日本
地震と火山がとても多い国
この国で生きる人間は

虫けらよりちっぽけだ
天然の土一握りが懐かしい
東京
東京では野菜を買って食べるたびに
ただただ不思議を感じるばかりだ

＊ 韓国で近年、都市部を中心に急増している、50〜90℃程度の低温サウナを主体とした健康ランド。

東京のモクレン

あなた
愛する私のあなた
今はどこにいますか
あなた
愛する私のあなた
今は何をしていますか

今日に限ってあなたに
何かをずっとしゃべりたくなります
今　この瞬間だけは
あの空になって　あなたを見下ろしてみたいです
今この瞬間だけは

あの凪になって　あなたをギュッと抱きしめたいです
あなたが今　目の前にいなくても
私の胸にはいつでも取り出すことができる
あなたがいます
春風は東京にそよいでいるのに
私は一人で
あなたのいない空虚さで憐れな気持ちになります

東京のモクレンが恋しさで咲くには
一春だけで十分だが
私の恋しさを心の裡に沈めるには
一生かかるかもしれません

あぁ　あなた

東京の精彩

明けない夜はなく
止まない雨はない

青空を漂う白い雲
息をする　あぁ　息をする命達
地球という星は私達と一緒に
クルクルとメリーゴーラウンド遊びをする

言葉がなくても　季節は行き来し
桜　春が去れば
セミ　夏が来て
紅葉　秋が去れば

新雪　冬が来て
童話は風景の中にだけあるのか

その全てを抱えて
クルクル回る　淡い世の中
美しいものが消えるということは
残忍にも見えるだろうが
美しさに欠けるだけで
存在する理由が無いと言えるのか

軽薄なストーリーの中でも
必ず描かれる日の出
奥深いようでいて　実は
大したことじゃない
精彩は
体よりは心に刻むものだ

東京の灯

お母さん　お母さん　呼んでみたくて
母の子宮から　手探りで　世の中　見物に出た日
急に目の前が　眩むほど明るくなった

夜が明けるまで泣いたこともあったし
涙がこぼれるほど笑ったこともあった
声が枯れるまで叫んだことも
笑い転げたこともあったな

辛くてもそれが人生だと固執した
自分で選択したことだし
苦しみさえ運命だと思ったんだ

それなのに　いつからだったのだろうか
闇の中に隠れてしまいたいと思うようになって
何もなく
形もなく
ただ蒸発してしまいたかったのは

そんな私と私の間に
東京があった
東京は私にとって　光か闇か

おお　東京の灯よ

東京の秋

かなり長くて暑い夏と
かなり長くて寒い冬を
繋ぐために君は来るみたいだ
十月　紅葉が始まると
故郷に置いてきた秋を思い出す
思索的な故郷の秋に比べると
トンネルのように無色でやたらと長いだけの
東京の秋
名所の桜にも秋は訪れ
イチョウはいつの間にか
黄色いカーペットを厚く敷いていく
美しく彩られた木々がずらりと立ち並んで

秋の背中を押す時は
涼しい風に涙一粒乗せて送る
来年　また来るだろう
リンリン　鈴虫
コロコロ　コオロギ
東京の秋空は
故郷の秋空のように
燃えて美しい

東京の混浴

男女混浴だそうです
栃木県那須郡にある
大丸温泉旅館
東京から電車で約二時間
日本に来る外国人旅行客は
誰もが気になって　必ず行ってみる場所だと聞いて
この地を踏んで二十年も経つ
しかも　東京に住んでいる女（わたし）が
夫に内緒で思い切って勇気を出したんです
子供を五人も持つ歳なのに
男女混浴は生まれて初めて
子ウサギのように胸がドキドキします

あ！
すぐそこ　目の前に見える浴場が
見知らぬ人同士が裸で入ってもいい所ですね
万引きの犯人のように
ひそかに混浴の湯殿へ
気おくれした心を励まして
窓からのぞいてみたりもして
ついに決心して　一歩　そっと入る
ああ!!
私を助けて
混浴場の中の　男なのか女なのか
見分けのつかない得体の知れない人が
余裕で　上半身を露出して　座っています
背にしていて本当によかった
肝をつぶしたこのおばさん
助けて

混浴にたまげたおばさんが　突然叫ぶ
お母さん!!!

東京の花リレー

人々は祈る
奇跡のように　春は遠くないだろう
奇跡のように　春はついに来るだろう

寒い日　温かい火を灯す梅の花
まだ寒さの残る中でも春の訪れを告げる黄色いタンポポ
卒業式に参加するつもりでピンク色した桜
遠くからでも目立つムラサキ色の藤
赤　白　色とりどりに香り立つ無邪気なツツジ
湿っぽい雨の中をつつましい微笑みで明るく照らすアジサイ
夏の日差しそのままの明るい黄金色のひまわり

東京は疲れを知らない花々のリレーか
季節が入れ替わっても咲き続けるのか

永遠なんてないと思っても
春のさわやかさと
夏の暑さ
秋の寂しさと
冬の痛い呼びかけに
永遠を待ち続けて

花は咲き競い
リレーを続けてくれるのか
奇跡のように
春夏秋冬
花々は燃え続けるだろうか

東京の小走り

あのね　歩く時は急がないでください
急いで歩くと　何もかもが分かりません
ミスをしても分かりません
自分の道だから
ゆっくり歩いても　絶対たどり着くでしょう

あのね
歩く時は絶対に急がないでください
急いで花を折ってはいけないように
心の声に耳を傾けて
ゆっくり
本当にゆっくり

四葉のクローバーを探さないといけません

自ら死に急ぐ人を見ましたか
そんなに急いで　急いで歩いていては
真実を見落とすかもしれません
間に合わなければ
謝れば済むのですから

あのね
絶対に急がないでください
馬は馬の速さで　牛も牛の速さで行くといいますよね
カタツムリでも自分の道　しっかり行きますよ
急いでいても
隣の人には人情一つ
かけてあげてから　行ってください
どうか

第五部　新幹線から思い描く東京のイメージ

東京の桜餅

ちょっと横目で見ただけでも
口の中に湧き出るこのよだれ
穏やかな微笑みのように漂ってくる香り
ピンク色　桜の葉越しに
いつかの初恋キスのように
甘酸っぱくて　柔らかい
夢の中のようにほのかに包んでくれるその香り
一筋
二筋
三　四筋
黄金色の高貴な月光が
桜の枝にゆったりと腰掛けた夜

もっちり伸びながら肌を伸ばす
桜餅
口いっぱいにピンクの香り漂うと
月明かりのように明るく笑ってくれる　あなたの素直な笑い
トンネルのような冬の向こう
エデンのようなあの丘に
ついに桜が咲けば
桜餅一口で
故郷の懐かしい味を思いだそう

東京のコンビニ

東京のコンビニは
道を挟んで向かい合って座っている
道を渡るわけでもないのに　信号だけ眺めて
豆腐のようにきちんと座っているコンビニ

人々の波が夜明けから真夜中まで
波打ち渦巻いて続いても

飢えた生活を癒すかのように
それだけが　自分の責任であるかのように

だまってしゃがんで
話ひとつしないコンビニ

東京は子供のおもちゃ箱みたいなコンビニが
ゴロゴロいて　生きるのにとても便利だ

東京のラーメン

東京のラーメンは
新幹線のように精巧だ
——ラーメンはズルズルと音を立てながら食べてこそ本物の味だよ
——ちぇっ　私はそんな風に食べられません
ラーメン屋の店主は無性に怖い顔をしている
本当に飲食店かと疑うことさえある

——イタダキマス
店内はラーメンスープの匂い
熱くてドロドロしたラーメンスープが

空腹と疲れとぎこちなさまで
さっと洗い流す

店主の印象そのままの剛直な麺
それが店主のプライド
あんな顔をしていても
ラーメンが売れるなんて

それでもこの麺の長さは
七十八年の歳月より長い
伝統をプライドで守る
東京のラーメン屋の店主

隣のおじさんは
ラーメンスープで口直しをして
私は冷水で口直しをする

——ゴチソサマデシタ

東京の文字

日本で中国人に便利なのは
漢字だ
簡体字より繁体字の方が通じやすい
繁体字でも通じないことはあるけれど
困った時は筆談もできる
日本人は漢字を見て
自分達の文字を作り出した
ひらがなは表音文字
これを覚えておくだけで

日本での生活は
ずっと楽だ

五十一個の音で会話が可能だなんて
驚くべきことだ

筆で書道までできるひらがな
鮮やかな角でまっすぐに立つカタカナ
その中で　エヘンと咳払いする漢字

――シツレイシマシタ

東京の翼

新幹線に乗っていても
車窓から外を眺めなければ
汽車が進んでいるということを
感じられない
鳥のようにヒラヒラ羽ばたきして楽しかった歳月
私が座ったこの席も
数千　数万の人々が座っただろう
新幹線に乗っていると
我々は皆　羽を持った鳥になる
静かに座っていても
羽ばたかなくても
いくらでもヒラヒラと飛んでいく

素敵な鳥になる
ほら　あそこから
富士山がヒラヒラと飛んできて
私達に握手を求めてくるじゃないか

東京の草むら

葉と葉がギュウギュウと手を取り合って並んだ草むら
首よりも眉よりも背丈よりも長く伸びた
その草むらに道なんてあるはずがない
急に何かが出てきそうな
不安を好奇心で抑えて
一歩一歩前に進む私の歩み
一寸先も分からない私達の人生のように
まったく先の見えない草むら
迷う時間も苦悶する暇もなく
ここでは専ら
自らかき分けて
でも　まっすぐに進まなければならない

道はない方がまだマシだろう
ない道を作るため　草むらをかき分ける
東京暮らしが　一枚の地図作りである様に

東京のトイレ

東京のトイレは飲食店のようにきれいだ
大勢のお客さんが出たり入ったりして
とても散らかってるようだが
人が利用した跡を消すためか
心のこもった掃除で
食卓のようにまぶしく輝く
清潔で美しい東京のトイレ
――いつもきれいに掃除してくれてありがとう
そういう感謝の気持ちと
――気持ちよく利用してくれてありがとう
という感謝の気持ちが
トイレで会ってお互いに挨拶をするので

更に美しい東京のトイレ
天国にトイレがあるとしても
この程度だろう

東京の言葉と文字

漢字は厳粛で整然としていて男性的です
ひらがなはなごやかで柔らかくて女性的です
カタカナは硬くて真っすぐで少し曖昧ですね
そんな風に思いませんか
分からないんですけど
どれが本当の日本語ですか
漢字　ひらがな　カタカナ…
すべて日本語です
中国には漢字しかなく　韓国にはハングルしかないのに
日本語もどれか一つに決めないのでしょうか
日本語は日本語です
今　あの外国人が使っている日本語は

カタカナですか　ひらがなですか
いいえ　日本語です
あなたが今話している言葉は漢字ですか　ひらがなですか
ただの日本語です
でも　なんで心に響かないんですか
日本語は耳に届けばいいのです
敢えて心に定着させる必要はありません

東京のホワイ

気まずさがかかとから染み込んでくる冬の夜
電気スタンドが冷たい部屋でごてつき
勤め帰りの電車が急に甲高い音で
ピッ！
キャッ!!

アナウンサーが感情を込めずに伝えてくる
人命事故の放送を聞いて
読みかけの新聞をうっかり閉じてしまう

男だったろうか
女だったろうか

日本人だろうか
外国人だろうか

身を切るようなこの寒い冬
夕暮れのあの戦慄は
果して事故だったのだろうか
いや　でも本当に気になるのは
生きているのか
死んだかだ

死んだとしたら
あの人は死んだのに
私はこうやって生きていて
ホワイ？
ホワイ？

頭の中はとっくに真っ白
あの人はどんなに怖かっただろう
あるいは
あの人はどれだけ生きたくなかったから
その一線を乗り越えて
あの世に行っただろうか

名前も顔も知らないあの人
ホワイ?
ホワイ?

＊　ホワイ　why。

東京の留鳥(りゅうちょう)

東京のカラスは
縁起の良い鳥でも縁起の悪い鳥でもなく
ただ留鳥と呼ぶ
東京の朝は
カカカの音で始まる
この留鳥達は黒い目ではなく　においで
餌をさがして彷徨う
網をかぶせて道端に出した
生ごみを襲う
都心の無法者達
闇が舞う頃になって
やっと　すっぱい舌鼓(したつづみ)を打ちながら
真っ黒な空　空中に舞い上がる

東京は
毎日　餌を探して彷徨う
留鳥の巣であり
毎朝　人間を起こす
カラス
カラス
主人や子供のために
朝からキッチンで慌ただしく働く私も
東京の一羽　留鳥なのか
名前だけでも渡り鳥と呼ばれたい
いつかは故郷に帰る
ああ　その名
渡り鳥
渡り鳥

東京の留鳥リレー

ずっとずっとずっと前から
カラスは東京の留鳥
昔々は
野山がそのまま家だったカラス
都市に集まる人々の後について
東京までやってきたカラス
ふむ　住みやすそうな所だな
一言　言って　そこに巣を作ったカラス
春になると　春を連れて来たツバメと
一年中クックーと鳴く鳩と
人ともっとも親しいふりをしていたスズメまでも
全部追い出して

一人で長いリレーを独走してしまう
東京の勇敢なカラス様

もう東京では
カラスがいくら飛んでも
梨は落ちない*

* 韓国語のことわざに「カラスが飛んだら、梨が落ちる」というのがある。

第六部　東京　東京　東京

東京の本の街

世界最古の本の街
新刊がずらりと並んでいる書店より
長い時間を経た本の香りが溢れる古い書店が
ずっと多い

何でもインターネットで購入できるし
情報も無料で手に入れられる時代
読んだ書物の内容や
書き写された知識も
ＰＣディスプレイの箱庭に過ぎない

――書を捨てよ　町へ出よう
しかし、書を捨てた若者達は

パソコンや携帯といった
新しい刑務所に自ら閉じこめられた

本の街に本が溢れるように
本棚に本が溢れるように
頭にも知恵と知識が
溢れたらいいな

東京の微笑み

東京は白くて丸い微笑みを見せるけれど
だれもその微笑みの後の話は知らない
電車は走るし
世の中は変わっても
変わらないその笑顔
――コンニチハ
――ハジメマシテ
――柳春玉デス
桜のようなあの微笑み
白い木蓮のようなあの微笑み
ひまわりのように平たく
タンポポのように真っ直ぐな
東京は　いつも変わらない白い微笑みを見せる

東京のスピード

電車が走っている
タクシーに乗ってきた医者も
飛行機から降りてきた公務員も
買い物かごを持って痛む足を引きずりながら
歩いてきたおばさんも
電車に乗れば　誰もが同じスピードになる
ここでは　教授も学者も詩人も
通用しない
芸能人も一般人も同じ立場だ
ただ次の駅に向かうだけの人々である
今日リストラされ　肩を落として
家へと向かう失業者の疲れも

一緒に乗せて走る電車
電車はただ次の駅に向かい
東京のスピードは少しも落ちることはない

東京の六本木ヒルズ

芸能人の間ではギロッポンで通じる東京の六本木
テレビ朝日の本社があって
テレビ関係者も行き来している街

高層オフィスビルで働く人
ヒルズレジデンスに住む人
ホテルグランドハイアット東京
ショッピングモール　映画館　美術館　展望台　飲食店
そして　幼稚園もある

これだけでも　十分に六本木ヒルズ
周りもオフィス街で
ランチタイムは

会社員達の肩が波打つ

夜はロマンチックに
東京の夜景が楽しめるヒルズ
なんといっても十二月
日本では師走
お坊さんも走るという慌ただしい頃に

そして
けやき坂通りにはイルミネーション
毎年七百万人が見に来るという
イルミネーションが演出する神秘的な夜景
その中に紛れ込み　愛をささやく恋人達
東京の縮図のような場所
日本のもう一つの誇り
六本木ヒルズ

東京の日本式家屋

日本の家は玄関に段差がある
ドアを開けて入って
玄関で靴を脱ぎ
その段差を越えてはじめて正式な部屋が始まる

靴を履いて
部屋に入れる中国や
玄関と部屋の仕分けが
明確でない韓国と違って
日本では
土足で入るエリアと
靴では入れないエリアが

明確に段差によって分かれている

同じ日本人同士でも
コミュニケーションが難しいことがあると
訴える日本人達

――ええ時計してはりまんな
それは時計を褒めたのではない
早く話を終わらせてくれという注文だ
――ぶぶ漬けでも食べていきなはれ
それは食事を勧められたのではない
もう帰ってくださいという意味だ

日本では人間関係も
玄関の段差のようにはっきり
間と差をつける

東京の落語

浅草演芸ホール
末広亭　国立演芸場
そんな寄席が東京にも色々

寄席では毎日
伝統と気品が息づく
落語に講談
コント　手品　物まね　などは
ここでは色物と呼ばれる

寄席に行く時は
開始のベルが鳴る前に

前もって行ったほうがいい

観客が少なくても
真面目に落語する人
彼ら弟子たちは
そこがまたとない練習の場所なのだ

寄席の最後は落語を演じる
座布団という四角いクッション
その上に座って
老若男女を演じ分ける落語の巨匠

実直な師の
真面目な弟子は
伝統を誠実に引き継ぐ

東京のナウル共和国

人口一万三千人ほどの
ナウル共和国政府観光局日本事務所が
Twitterで
自国人口の十二倍を超える
十六万七千人のフォロワーを持っているという
——Twitter公式マーク全然もらえないので
　勝手にクッキーでつくりました
こんな突拍子もないツイート一つで
フォロワー一万人を集めたという

すごい新聞記事になり

テレビの特集でさらに急浮上して
フォロワーがあんなに大きく増えたという

――ナウルにスタバはありますか?
――スタバはないけどスナバはあります
スタバがないことで有名な
鳥取県知事
――ぜひナウルと友好を結びたい
その一言で　またまた
フォロワー十六万七千人

実は
ナウル日本事務所は
危機に瀕しているが
それを知って　もっと頑張れと応援してくれる
日本フォロワー達の日本式応援

日本はこんなに変でありながらも真面目で面白い国だ

東京のプライド

いつ見ても目の保養になる
黄金色の刺繍と銀白色の刺繍が　踊るように調和して
妖艶というよりは淑やかで
華やかというよりは荘重さを増す着物
真赤な牡丹模様に
緑色あしらった帯
永久の繁栄を願う市松模様の着物
変わらぬ明日を約束する観世水の着物
西の崖の山並みに青くかかるあの波は
平和な明日への切実な祈り
時の流れの中で
多くの人々の幸運を祈る
澄んだ空には一片の願い　雲がたなびく

きれいな袖に腕を通し
背中と肩から余韻ただよう着こなし
それで自分も知らずしらずに自信がみなぎり　正しい姿勢を世間に見せる
少し短くても　あるいは少し長くても
目立たずぴったり調整できる着物
恥ずかしい気持ちを隠せて良いし
鏡の前でもえくぼがきれいだ
明日の平和のための祈りの声が
いつもゆらゆらと襟から聞こえて
幸運への慎ましやかな足取りは
軽やかでも軽々でもなく
静々と言う言葉がぴったり
はっきりと現れた白い襟足は
緊張の中でも気高く
あらゆる不安は帯で抑える
それは遂に東京のプライドであろう

東京の夢と科学

「機動戦士ガンダム」という
恐ろしい名前を持った
アニメーションのロボットの立像が
お台場に建てられている

今より一代前の立像は
実物大のガンダムだったけど
川柳詩人に皮肉を言われた

——実物大？　実物ないのに実物大？

そう　ガンダムはフィクション

アニメの設定と
同じサイズの立像に
日本人は感動する

最近横浜には
実物大の「動く」ガンダム像がある
もちろん一歩踏み出せるだけだが
それで　川柳詩人はまたこう詠んだ

――その一歩月面よりも夢がある

日本で科学を押し進めるのは
子どもの頃の夢かもしれない
「鉄腕アトム」を見て育った大人達は
「アシモ」というロボットを作った

その名の由来はロボット三原則の発起者
アイザック・アシモフ

東京のチョコレート

甘くてほろ苦い
東京の生活のようなチョコレート
そういうチョコレートがいつも好き
疲れた時に食べると
疲れが取れる
甘さが疲れた体を包み込むと
恍惚境まで味わわせてくれる
仕事がうまくいかない時に食べると
苦みがやる気を起こさせてくれる
苦みが刺激を与え
固い心が春の雪のように解けてしまう
勉強する時も食べなければならない

頭のアクセルになり
エンジンになってくれる
もしかしたら　東京でつらい日々に
私はチョコレートに
いつも甘えてばかりいたのかもしれない
私に世の中の味を教えてくれた
東京の甘くてほろ苦いチョコレート

東京の新旧

東京
洗練されたビル群が
足の踏み場もなく並んでいる所
踊るように流れる人波
すべてが新しくて
すべてが更新されるそこに
とんでもない古い話が息づく
昔々　とても古いその昔
ある武士の首が飛んできたとか
世の中は毎日のように変わるのに
どこかの角で今も密かに息づく伝説
同じ雲は一度も戻ってこないこの東京で

木々も年輪が増え
昔の頃の木じゃなくなったのに
古い呪いの伝説は
世の中の摂理を知らぬかのように
ここに来たいという新しい人達にだけ
小さな声でひそひそ話す

東京
伝統的な寺社　祭り　はちまき
古めかしい街に一つ　空まで続く塔が高い
伝統の木造建築
周辺の低い建物のせいで
さらに高く見えるその塔は
この時代遅れの街には似合わないが
それに　ここでは伝統的なことへの破壊を断固として拒むが
その高い塔ばかりは

堂々と独自の時空を打ち上げる
地面にへばりついて
昔話ばかりしているこの街で
その多くの物語を容赦なく飲み込んでしまった塔は
空だけが目標だというように
高く
高く
高く
高く
高く
高く
高く
空より高く
そびえるばかりだ

東京の最後の路地

世界で一番高いタワーである
六百三十四メートルのスカイツリーもあるし
浅草のランドマークである
浅草寺雷門の赤い大提灯もある
神社仏閣のような伝統的な建造物も残っており
機能美が一層引き立つ現代建築の新鮮さも備わった
新しくもあり　古い趣きもある魅力的な
東京の路地
しかしまだ
よく分からない秘密の場所がもう一つある
それは新宿駅
今だに疑問が晴れないところ

いつも変わらない笑顔の中で
霜花のような寒気の漂う所
道でも聞けば
最後まで親切に教えてくれる路地
前後にグラグラと揺られてから
時々　よく分からない
アニメの話でもしたら
すぐにゼロになる距離感
動くガンダムもいいし
飛び立つ白いカモメ「メーヴェ*」もいいし
アニメの中にだけ存在していたものが
実生活の中にそのまま存在する
驚くべき路地
東京の最後の路地
東京のもう一つの隠れた顔

＊　メーヴェ　アニメ「風の谷のナウシカ」に出てくる飛行物の名前。

都市のコンクリートジャングルにも詩の花は咲き

――柳春玉　東京詩シリーズ第一詩集に寄せて

韓　永男（中国）

全世界がコロナ禍で苦しんでいた二〇二一年の春、その身震いする季節に温かい温情の手を出し、柳春玉は「東京詩シリーズ百篇」を書いて世の中に名を知らしめた。そして、その中から七十八篇を選定して詩集『東京の表情』にまとめた。御同慶の至りである。東京をテーマにした詩は、これまでも散発的に出てはきていたが、これほど大規模に発表されることはかつてなかった。「初」というタイトルが輝く瞬間だ。

都市というコンクリートジャングルは、本来、詩とはやや距離のある空間だ。硬いセメントではなくても、角質化した人情もまた、世人の叱声を受けて当然である。そんな索漠たる空間で、星のように輝く詩を拾い上げるのは確かに難しい。しかし、詩人は、その難しい作業をやり遂げ、成功している。

騒がしく慌ただしく周りに気を配る時間が全くない都会的なイメージと、野花が咲いた田舎の砂利道をゆっくりと歩きながら感じられる余裕のイメージを一つの器に入れてまとめあげた、おかしなほど調和したこの東京詩シリーズは、今を生きる現代人たちに温かい人情と救いの手と笑顔を与えながら、詩一篇とコーヒー一杯の素敵なランデブーを思い浮かばせる。今の私たちにとっては、これこそ生活必需品のような存在ではないだろうか。

彼女の詩に対するメディアの反応を聞いてみよう。

日本に住んでいる柳春玉詩人が「東京詩」シリーズ百篇を書き、中国の文壇をノックしてきた。本紙は、その中から五篇を選んで「鴨緑江」の文学面に掲載し、読者の皆様に「東京詩」シリーズというこの小さな窓口を通して、外国人が日本で生きる生活の様子を少しでも垣間見ることができればと思う。

（「遼寧朝鮮文報」）

本紙は、柳春玉詩人の「東京詩」シリーズの十七篇を掲載する。柳春玉詩人は、東京詩シリーズ百篇を書いて中国の文壇をノックし、日本で生きる外国人の生活と感性をよく磨き上げられた詩的な言語で表現している。その詩は、すでに中国の「長白山」、「道拉吉」、「延辺文学」、などの文学誌と、「遼寧朝鮮文報」、「延辺日報」などの新聞に掲載され、次第に頭角を現わしてきている。その詩にはストーリーがあり、詩的な思索や哲理が盛り込まれており、東京の人間と文化の様子をよく表しているのが特徴だ。

（「韓国東北アジア新聞」）

百聞は一見にしかずという言葉がある。いくら誰が何と言おうと、直接目で見れば、その実態を把握できるということである。それでは、詩集を開いて、皆で胸が熱くなる、詩人が伝える温かいメッセージに浸ってみよう。

詩的内容の新鮮なイメージ

柳春玉の東京詩シリーズ第一詩集『東京の表情』（以下「東京詩一」という）に掲載された詩を読んでいくと、いつの間にか東京の街を散策しているような気になる。これは、すべて余すところなく、東京で生きる人々（日本人を含め東京で生きる全ての各国の各民族の人たち）の生き様の群像を浮き彫りにしているからである。詩行の間を散策しながら、私たちは新幹線に乗ったり、銀座の通りを訪れたかと思えば、日本の寺院を訪ねて観光もする。そして、様々な人物に出会い、彼らの話に耳を傾けることとなる。

このような詩は、まず内容の鮮度で耳目を驚かせて、読者の興味を煽っている。そして、その詩は、私たちの生活の延長線上にあるので、少しも拒否感なく受け入れられるという長所も持っている。詩を見ながら話そう。

若者が溢れる街　原宿
手には　タピオカが踊り
帰り道は　笑い声が絶えない
竹下通り

サラリーマンが闊歩する浜松町は　オフィス街
ポケットから窮屈そうに
首をツンと突き出した財布は
ランチ選びの真っ最中で

老人の街、巣鴨は　地蔵通り商店街
買い物かごが導くままに
詰め込めなかった人生　一つ一つ詰め込む
毎日　同じ姿だけれど
様々な生の力が
みなぎる

（「東京の街」全文）

詩は、私たちに異国風の街や人間の姿を描いて見せる。人が暮らす町がどこもそうであるように、そこにもサラリーマンがいて、老人がいて、買い物かごを持った市民たちがいる。笑い声があふれるそこで、人々は、〈ランチ選び〉や〈詰め込めなかった人生〉を一つ一つ取り上げる。このように人々が生きている暮らしぶりにスポットライトを当てることにより、たとえ異国の話ではあっても、簡単に近付き、しかも、外国人だったとしても大したことではないという一種の安堵感まで感じ、面白さを煽っている。

特に今回の「東京詩一」には、街（例えば「東京の街」）、衣装（例えば「東京の服」）、食べ物（例えば「東京の回転寿司」）、国技（例えば「東京の両国国技館」）など、私たちの身辺で容易に接することができ、容易にすれ違うこともできる素材を、残さず、丁寧に詩に昇華させている。これは、繊細な性格と優れた観察力によるもので、柳春玉詩人ならではの独特な個性として位置づけられる。

重ねて言うが、柳春玉詩人は、生活の中の人情の様子を見過ごすことなく深く掘り下げ、芸術的に昇華させることによって、この時代の片隅で、最も低い声で、人生の賛歌を詩の中に込めることに成功している。ややもすると、見落としがちな日常の中から詩的発見をし、それを再び芸術化するためにたゆまぬ努力を注いできた詩人の汗の雫が、夜空の星のようにきらびやかに迫ってくるのである。

詩的叙述の自由な翼

日本初の都心の中の公園だそうだ
文化の森として緑豊かで有名な

公園に入るとすぐに
音楽と舞台芸術が
波のように漂ってくる文化会館が
平然と荘厳な表情で佇み

その右には
ロダンの彫刻芸術を数多く所蔵している
国立西洋美術館が堂々と建っている

マッコウクジラの骨格標本と
D51機関車が展示されている

国立科学博物館もあり

色と芸術が混ざり合って
一枚の絵を完成させて
芸大生の夢に大輪の花を咲かせる
東京芸術大学も若々しい

何といっても
一九七二年　日中国交正常化の歴史の証しである
カンカンとランランの息吹が聞こえる
上野動物園で親しまれている

私は上野公園に来るたびに
私の故郷の息吹を感じる

（「東京の上野公園」全文）

都会人たちの感性は、ややもするとセメントやコンクリートのように硬化してしまいがちだ。だから、状況を吟味はするが、再構築し詩集にまとめるまでには至らないケースを私たちは少なからず見てきた。ところが、この東京詩はどうだろう。「東京の上野公園」という詩を挙げて話してみよう。

〈公園に入るとすぐに／音楽と舞台芸術が／波のように漂ってくる文化会館が／平然と荘厳な表情で佇み〉という詩句を読めば、埃だけが漂っていそうな都市の詩が活気を帯びて息づいてくるのを感じる。なぜなのだろうか？　すなわち、詩人のユーモアとウィットに溢れる詩的叙述の自由さから漂う香りによるものだろう。面白そうじゃないか。

このように詩の表現を自由自在に使いながらも、終始ユーモアとウィットを失わないため、彼女の詩は、東京テーマ詩という硬い雰囲気の詩を百篇書いたにもかかわらず、全く退屈しないばかりか、むしろ読者の興味を呼び起こし、詩の中に引き込むことに成功しているのだ。

これは、詩人の心の余裕と思索の豊かさによるものと思われる。詩は当然、このように十分に余白を残し、読者らがその裏側まで想像できるように導き、さらにユーモアとウィットを加味することができたとき、すばらしい作品の誕生が期待できるだろう。

詩的言語のやわらかな駆使

この東京詩シリーズ第一詩集を開くと、華やかな詩語たちのダンスに目がうっとりする。東京生活二十年と言う彼女に、いつどれだけの時間があって、これほど豊かな詩篇をまとめることができたのか、気になるところである。

彼女の詩語は、広野を走る野生馬の群れのようによどみがなく、湖水で非常に小さな波紋を作る微風のように優しいことこの上なく、疲れた肩に舞い落ちる秋の落葉のように温かい癒やしを与えてくれたり、冬の日に母が作ってくれたお焦げ湯のように暖かく心に響くものが溢れ出ている。それは、まさに東京のどこか知らない所で湧き出る小さな泉のような、私たちの索漠たる世間にはオアシスのような存在で、読者に優しく暖かな息づかいを感じさせる。もうひとつ詩を読んでみよう。

街には少女達
少女達はみんな個性的
顔と体から個性が
故郷の里山の岩の下の泉のように
次々に湧き出るこの国の少女達
それなのに　自らを傷つけてまで
固執する個性
自然さも個性という言葉も
雨に洗われた水彩画のようにぼやけた東京

みんな同じタトゥーと
同じ金属を巻きつけて
笑顔さえ機械で作ったように同じ
画一化されたのっぺらぼうの個性
君達は
年齢がすでに十分に個性だということを
知らないのか
若いということだけで　十分美しくてセクシーだということを
知らないのだろうか

（「東京の個性」全文）

〈顔と体から個性が／故郷の里山の岩の下の泉のように／次々に湧き出るこの国の少女達〉を見る詩人の視覚はとても鋭い。だからこそ、彼女はそんな個性的な少女たちから、〈自然さも個性という言葉も／雨に洗われた水彩画のようにぼやけた東京〉の一つの姿を見出しているのである。そして、ついにそれを掘り下げて、〈笑顔さえ機械で作ったように同じ／画一化されたのっぺらぼうの個性〉という、ユーモラスながらも歪(いびつ)だったりする時流に対する一喝を、躊躇なく吐き出す爽やかな詩句に出会わせてくれる。もしも、この詩を読んで〈のっぺらぼうの個性〉というところに来て爆笑した読者なら、そして、その詩句に浸って思索にふける読者なら、東京詩に十分共感できる読者となるだろう。なぜなら、このような柳春玉詩人らしい表現は詩集のあちこちで見受けられ、それが東京を詩にする詩人のもう一つの詩的個性であるということを、読者は容易に感じとることができるからである。

人間と詩人

筆者が担当する「想翔文学アカデミー」で、師匠と弟子として私たちは出会った。そして、時間と共に私の中では、「柳春玉さん」から「柳春玉詩人」へと認識が変わり、また今では、東京シリーズ第一詩集の著者として胸に刻まれている。

こんなにも短時間で詩集を出せるほど彼女が詩作に傾けた努力は、想像を超えて余りある。それをそばで見守った一人として、一つの単語も無駄にしない彼女の探求精神を高く評価したい。

いつも開いているウィーチャットで講義について疑問点を聞く彼女の口調からは、彼女が女性らしい繊細さを失わず、気さくな面もあるということを直感した。コチュジャンをご飯にかけて食べても、[*1] 詩だけはちゃんと出てほしいといい、キングクラブでワインを傾けていても、[*2] いつの間にかエゴマの葉に味噌を取り野菜を包んで食べているという[*3] 彼女からは、いつも新鮮な春のナムルの香りがするようだ。

そして、彼女の詩には例外なく、そのような洗練とは無関係なありのままの香りが残っている。少し開放的な部分もあり、それが彼女の持ち味であると思うのは、私の個人的な考えだけではないだろう。

私財をはたいて中国の詩人達に日本から本を買って送る真心は、単なる真心だけではない。そこには、詩人であるということ以前に、人間としての温かい性情を常に持ち続けているからである。

これからも東京シリーズを第二弾、第三弾と出し続けるという彼女の、意欲旺盛な詩的歩みに拍手喝采を送りたい。そして、それを実現させて、これからもさらに一直線に上昇街道を駆け上がり続けることを祈る。

二〇二一年五月二十八日
ハルビンの自宅にて

＊1　貧乏で質素な食事のこと。
＊2　贅沢をしていること。
＊3　日常的な生活のたとえ。

居並ぶ多彩な「東京」

——柳春玉詩集『東京の表情』を読む

東京大学名誉教授　川中子義勝

繙いて目次頁を開いた時に眼を引く壮観な眺め。七十八篇の詩の表題が、皆「東京の～」を冠する。他にも「東京人」という題名や、各章題がやはり負っている「東京」をも数えると、八十五の「東京」が居並ぶ。第六部の章題はご丁寧に「東京」を三度も重ねる。これほど一つの主題に熱意と、思いを込めた詩集は類を見ない。

第一部から順に読んでいくことにする。しばらく読み進めていくと、日本で見聞きしたことや印象を、全て「東京」に代表させているらしいと分かる。なるほど、第一部の章題は「東京のように　日本のように」。まずは、日本で目にした事実の記述が続いていく。「毎日同じ姿だけれど／様々な生の力が／みなぎる」「**東京の町**」。さしあたり、その取り上げ方は肯定的だ。「**東京の着物**」には「ぜひ着てみたいけど　まだだ／娘が嫁に行く時は／思い切って着てみよう」と好意的に心を寄せている。紹介の言葉は生き生きしている。「——じゃーん！　回転寿司です！」と始まる「**東京の回転寿司**」。「チャイナも　コリアも　遠くから　やってきて／　回転寿司を食べる／　世の中の出来事も　ここで笑えば／平和が宿り　人生は幸せになるだろう／寿司も人生も一緒にクルクルまわる」。店の宣伝コピーみたいだが、受けた第一印象の強さを述べたいという気持ちは伝わってくる。

詩人は強い好奇心で、日本の文化的営みに関心をよせる。「**東京のお茶**」を試してみて、お茶の効用はどこでも同じと納得し、「**東京の両国国技館**」では、相撲の儀式的側面に着目する。日本人にとっては特段珍しくもないことも、面白いと思ったことは、何でも書いていく書きぶり。郷に入ったら、まずその習俗に馴染もうとする開かれた心を感じる（「**東京の浅草**」）。ときに、日本人の気付かない処に着目するその目の付け所にはっとさせられる。「**東京の忠犬ハチ公**」に、日本人はせいぜい犬の忠義な習性に感心するくらいだが、「知らないうちに粛然として／犬にお辞儀をしたくなり／犬を師として仕えたくなる」。そこまで敬うのかと、その心の在処にこちらが感心する。「**東京のスカイツリー**」では、「人間も　あのように突っ立っているべきだ」、自信を持てと、教訓好きで真面目な性格が語られる。「**東京のマナー**」では、地下鉄や都営バス、山手線で席を譲る人々を見て、「人間が人間扱いされる／思いやりがゆずりあいをもたらす／愛は東京の基本マナー」と述べられるが、日本人としては、省みて気恥ずかしくなるような賛辞。そのように、ときに思い入れの強さにたじろぐが、強い倫理性と勤勉な民族性に培われた性格ゆえに、日本で会社を起こすまでの成功を導いたのだろうと了解する。

故郷を離れ異邦に住む故の齟齬や疎外感もまた語られる。故郷から訪れた母が、観光は楽しんだけれど、孫と言葉が通じず、心の居場所を見いだせず帰っていく。母の住めない「**東京の壁**」。隔ての壁は、詩人の心の内にもひっそりと立っている。「**東京の桜の**

歌」を聞くとつい故郷を想う。「桜がはらはらと散ると／いつの間にか目の前でチラつく／故郷のツツジ」。「桜が揺らす　ツツジの恋」は、第二部の章題となっているが、慕うものの違いは、批判の眼差しをも育てる。「**東京の終着駅**」で目立つのは人々の小走りの姿。人生の終着駅ではゆっくりと歩むもの、と語る詩人の目には、土に根付いて、人として倫理的にしっかりと立つ故郷の母の姿が映っている。「そうやって進む道が／我々の人生の途」だと。

家族を詠う詩は、どれも深い実感に裏打ちされている。「**東京の升**」には、「冬の冷たい雨が矢のように胸に突きささる日／行きつけの店の升にあふれる清酒に／父を想って号泣」する詩人の姿が描かれる。「一生その小さな升一つも満たせないまま／空っぽの升のように生きて死んだ父」の切ない思い出。また、母を慕いつつ、自らも母として、日本で子をしつけてゆく悩みを綴る「**東京の新両班伝**」。「人生の階段」を昇ってきた経験を伝えようとするが、娘の反抗にあって悲しむ、どの国の母親にも共通する悩み（「**東京の階段**」）。親と子のある意味で普遍的な確執には、国や民族の差は無い。「**東京の音**」に家庭の団欒を見、「**東京の風の音**」に「懐かしいおばあちゃんの祈りの声」を聞く詩人は、自らを「**東京の留鳥**」すなわち「東京のカラス」と語る。「主人や子どものために／朝からキッチンで慌ただしく働く私も／東京の一羽　留鳥なのか／名前だけでも渡り鳥と呼ばれたい／いつかは故郷に帰る」と望郷の念を懐きつつ。

そのような悲しみに支えられているからこそ、詩人の日本人を見る眼は温かい。「**東京の銭湯**」では、見知らぬおばあさんにも実家のお母さんのように接する。「**東京の家事手**

伝い」として母以上の歳の女性を雇用し、初めは何でも引き受けてくれたが、歳を取って掃除が下手になっても退職しない。困りつつも状況に甘んじている優しさ。十八歳の娘のようにおじいさんの手を握っている「**東京の鈴木おばあちゃん**」の後ろ姿を見つめ、食事に招いてくれた「**東京の奥様**」の眼差しを書きとどめ、「**東京のアルバイト学生**」の、苛酷な状況に辛抱強く堪えて働く姿に心を寄せる。「横から見れば美しい　この国の人達」と、詩人は花火を見上げている人々の情景を描く（「**東京の花火大会**」）。表情や容姿だけではないものを詩人は見つめている。

「日本人には親切な人が多い」。一方、日本語のアクセントで「アジア系の外国人と分かると馬鹿にしたような態度を取る日本人」もいる（「**東京の東京人**」）。「異邦人にとっては／一人の不親切が／国中の不親切になるということを／東京の人々は分かるかな」。日本人としては、己の姿を省みて襟を正さねばならない言葉である。「東京で東京人達は／彼らだけが真のジャパンだと思っていることを／分かっているのかな」。そのような傲慢は、日本人もまた（地方に住めば）また感じることであろう。これらの言葉には国の出自や居住地のいずれを問わず、人であればいつどこにいても通じる普遍性がある。それはまた逆に詩人が、外国では一人の「私」が故国の全国民を代表すると自覚していることも言い表している。詩人の日本文化への評価や批判に示される節度は、そのような意識に裏打ちされている。

　書名に取られた「**東京の表情**」では、日本語アクセントの違いを指摘されて、憤慨する詩人の心が述べられる。また、銀ぶらの際にも会話で異邦人と知られ、「ジャパンでも、チャイナでも、コリアでもない」と心中叫ぶ想いも語られる（「東京の朝鮮族」）。「私はね中国の朝鮮族です！／丸い地球で／東京が世界の全てだと思う日本人には／分からないだろう／中国で少数民族として暮らしている私の兄弟を／朝鮮半島から北満州に行って／改革開放で／日本まで渡ってきて／こんなにも／『はじめまして』も『お世話になります』も話せる私」。その「私」の出自は、異邦に住むが故にいっそう深く心に刻まれる。――東京の夜空は、照明が明るすぎて星が見えない。スカイツリーから見下ろす街明かりが「**東京の星**」。その眺めは、「今日も星が風にかすれて光る」（「序詩」）と詠った尹東柱の頃とは変わった。しかし心において、詩人は同郷の先達詩人と深く結ばれている。

控えめな言葉で綴られているが、詩人は来日以来、相当な辛さを味わってきたであろう。しかし「**東京の雨粒**」が、涙を隠してくれる助けとなったと語る。そのような涙や、またときに喜びの経験を語った詩は特に印象的で心に残る。あかすり店員の手を楽器演奏に準えた「**東京のバイオリニスト**」では、「最後まで私達はお互いの身分を隠したま ま／私達特有のアクセントが抜けない／日本の言葉で会話する」と、悲しみが、詩人の「私」に閉ざされず、境遇を等しくする人への共感として、開かれたものであることを語っている。また、「日本に来たばかりでお金がなかった」頃、ヱビスビール記念館に行けば試飲ができると知り、「無料でビールが沢山飲めるよと／留学生達と連れ立って遊びに行った場所」の思い出。ビールを普通に買えるようになり、今では別の銘柄が好きだが、「**東京のヱビスビールの味**」が忘れられないという。評者もまた同じ経験をした。ドイツに私費留学をした頃の窮乏生活を思い出して共感する。それはまた、前述のように、日本から来た異邦人である事を深く意識した時代であった。詩人の日本での生活は、貧しい一部屋住まいから始まり、はじめてトイレの付いた家に移れた時は喜びの涙が溢れた。そんな詩人も、今では垣根のある広い家に住むという（「東京の垣根」）。その成功を心から祝福したい。

最後に、作品そのものの面白さに触れておきたい。好奇心旺盛な詩人は、栃木県の那須にまで東京を拡げる（「東京の混浴」）。「子供を五人も持つ歳なのに」「夫に内緒で思い切って勇気を出した」が、いざとなると「肝をつぶしたこのおばさん／助けて／混浴にたまげたおばさんが　突然叫ぶ／お母さん！」自分を客観視して描くユーモアもまた詩人の人柄を語っている。手放しで面白い。その他にも、「ラーメン屋の店主は無性に怖い顔をしている／本当に飲食店かと疑うことさえある」（「東京のラーメン」）とか、「**東京のトイレ**」は、掃除者と利用者の感謝が挨拶しあっているから美しいと言って、「天国にトイレがあるとしても／この程度だろう」と続ける秀逸な結び。「筆で書道までできるひらがな／鮮やかな角でまっすぐに立つカタカナ／その中で　エヘンと咳払いする漢字／／──シツレイシマシタ」と、とぼけ方を心得た表現は、日本語が母語でないことを忘れさせる（「東京の文字」）。「**東京のモクレン**」のように恋愛抒情詩の佳品も書ける詩人だが、これからもなお、生来のユーモアと機知に溢れた表現で読者の心を捉えていってほしい。

東京は、今日も晴れ
——詩集の巻末に寄せて

少女の頃に、詩を読んで涙を浮かべなかった人などいるのだろうか？

誰しも一度は詩人を夢見て、それが自分とはあまりにもかけ離れていると簡単に諦めたまま、他の夢に向かって、または生きるためにひたすら突き進むのが、普通の人生ではないだろうか？

そんな中で、詩を本格的に愛することができる機会が訪れたら、それは本当に幸せなことだろう。

そして、私は、まさにそんな幸せ者であった。

四十歳の誕生日に、自分へのプレゼントとして受講を始めたオンラインの詩の講座は、詩に対する私のこれまでの考えを根こそぎ変えるのに十分な出来事であった。

私は、幸いにも詩の夢を再び育むことができた。

それから三年になる今日、東京詩シリーズの第一詩集として結実した。

詩の読者離れが進む中で、詩と共に、泣いたり、笑ったり、怒ったりする私は、愚かなのかもしれない。だが、そんな自分が、私はとても大好きだ。

そのこともあって、東京に住むかぎり、どんな事があっても、第二、第三の東京詩集も引き続き出版する、と思うと、心はまた夢多き少女の頃のように青空を駆けめぐる。

少し落ち着こう。

まだ、道のりは遠く険しい。

さあ、柳春玉、頑張れ！

詩の道半ばで倒れたとしても、後戻りはしないというあの約束は忘れていないよね？

では、その道のりのどこかで私を待つ、私自身の分身──詩集に会うために、力強く羽ばたき続けよう。

私に東京詩シリーズをもたらしてくれた東京は、今日も晴れ。

二〇二一年十一月十三日
東京の自宅にて
柳　春玉

著者略歴

柳　春玉（リュウ・シュンギョク）

一九七八年　中国黒龍江省寧安市生まれ
二〇〇〇年　来日

延辺作家協会会員　日本詩人クラブ会友
詩、エッセイ、手記等多数発表
中国「吉林新聞」体験手記賞、「全国愛心女性杯」生活手記賞、
　「青年生活」体験手記文化賞等受賞
韓国「同胞文学」海外作家賞　詩特別賞
現在フリーランスのライター

現住所　〒三四三―〇〇二六　埼玉県越谷市北越谷三―三―三

詩集　東京の表情

発　行　二〇二一年十二月二十五日

著　者　柳　春玉
装　丁　直井和夫
発行者　高木祐子
発行所　土曜美術社出版販売
〒162-0813　東京都新宿区東五軒町三—一〇
電　話　〇三—五二二九—〇七三〇
FAX　〇三—五二二九—〇七三二
振　替　〇〇一六〇—九—七五六九〇九
印刷・製本　モリモト印刷
ISBN978-4-8120-2666-3　C0092